曲水流年

王运平 著

深圳出版社

自

序

迎风而来

　　曾经一直在走，现在还在走，明天还要走。来过的风，走过的四季，枯荣的草木，路过和留下的人，成和没成的梦，也静流，也奔涌。这个过程中我所听见的、看见的、经历过的世间万千中的些许落进了心里，诉诸笔端，形成些文字。这许就是我的诗，许也不是。

　　许是我只是需要写。

　　写的过程是一种自我再生长的过程。微尘小事、平凡日常体小但繁密，真正从容应对下来并非易事，那些偶尔的沉砸进心里，写的过程就是对这种沉消解的过程，在文字相对漫长的组织过程中，自我的丈量、开解、玩味、批判，甚至自我的揣度都不可避免地产生艰难感与痛楚，就在这之中，心的疆域一点点宽广。

写的过程是对某种物事情愫涅槃的过程。爱、良善、宽厚、河山万里等等，这些抚摸心灵的字眼，是生的馈赠。心里有幸落进这些的时候，写的过程中再用双手虔诚地反复迎接它们，幸福与暖意就会反复地降临，直到它们——涅槃为我的精神圣地。

是的，我只是需要写，这需要它们迎风而来。在这种需要里，我暂做一个诗者。

2024 年 5 月 7 日于北京

目 录

隐下的话题

已是深夜

窗外雨声未歇

我在冥想与闲读之间犹豫不决

在这里

消亡与衰老已成为不说的话题

而我们也都已明白

有些事物

已经不起长久的别离

在一些故事里抽身而去

也留在些故事里

接受落入俗套的结局

途中语

我决意爱你
决意更长久地陪伴你

当然
现在我还很年轻

也当然
现在一言不合
我会再说一句

都会消逝的
我自己
我所爱
我的决意

有一天消逝来临
我们一起走进风里

希望之地

麦子黄了
麦子黄了一年又一年
似乎只有今年我才知道粮食的意义

起身告辞一个黄昏
也不去哪里
留在地头的思索
消融在夜色里

我立在谷场
没有月亮
夜是无边的黑
风穿过麦田
又向麦田而去

归

是夜

大雪纷飞吧

我穿戴齐备

把一切装进行囊

归乡

你别走

村庄也别走

还有村南那段残破的土墙

路

一定要漫长

我一定要踏着雪一步一步归来

一定要走得比来时慢

慢

才能完成一世的想念

活着

我不知道的事物还有很多
包括某个故事里的我

有时候我并不快乐
这样的时候
我先于一棵树沉默
我怕抱怨让我配不上
已有和要来的生活

当然
有时候我也很快乐
风扬起树的叶子
美好的心事也跟着起落

我不知道的事物还有很多
九曲十八弯的生活
临着一条长河

一样地生

连天阴雨
旷野濡湿冰冷
芦苇更深地立在水里
让人看着心疼

芦苇不立在水里
又能立在哪里

知道事物本来的样子
心灵就会少些悲怆

现在我一想到你
更愿意想到的是你的背影
你和我一样
奋力地生
最终也都只是隐姓埋名

白白

岸边的桃树没有结出果子
即使这样
也不能说今年的春风就是白白刮过

遥远的山谷里
开着些不知名的花

多年以后
我在车声轰响的都市
虚妄地爱着村庄

有些路
无法拒绝反复

当出发地成为诗和远方
那些白白流过的日子
是谁心头的白月光

我也重复着

我眼见着
天一点点黑了下来
酷热一点点消退
似乎
还有一丝风
偶尔从树梢吹到我的脸上

垂钓的阿翁刚刚上了一尾鱼
他点了一根烟
将黄昏燃尽

从不重复的黄昏里
重复着许多事物
广场上翩翩起舞的阿姨
很多个昨天
她们都来过

如新

我在河边
与满河蛙声一起
守着天上那轮月

蛙声里
有一种别样的寂静
轻轻缓缓地流泻进心中

这个夜晚
人间有风
我爱的人也在
风吹过她又吹过我
然后
在枝头把树叶叫醒

平凡

今天
一切也都是平淡无奇

河里的水涨满了
水草丰茂
岸边立着些闲散的树
开着些不经意的花

昨夜说的一场大雨
黎明如期而至
现在依然断断续续

日子是很多个日子里的日子
我是很多个日子里的我
一切都很寻常

远方的天空有一线白
这是整个天空最明亮的表达
我内心深处有一片蔚蓝
那是我在人世平凡的情愫

不归

天黑了下来
我动身离开

有一天
我不再是谁的游子
碧草连天
说着怎样的心愿

摘下一朵蓝色的花
别在自己的襟前
如果绝不回头
所有的路都迢迢千里

一日雨大路滑
梧桐树下
走失了我的牵挂

疼痛

我去过你的城市
在你熟悉的街头
看见过夏花
也看见过大雪纷飞

我并不是一个孤独的人
孤独的是街头

我很疼
只是忍住不哭
我不再是谁亲爱的孩子

世界安静下来
几段文字遗失在书面

从山岗上来的风
不知道会消失在哪里

无需点燃

还想再度拥有一个不眠的夜晚

时间蠕行

情绪无法安放

为着什么

从清晨刮到日暮的风

还要继续去往下一个黎明

想与一群人走散

我一路向东

捡拾些破旧的碎片

缝补成昔日的黄昏

大爱伟业

站在高高的山岗
看见山河辽阔
谁举着火把
奔跑在百年前的华夏

谁的衣衫至简
在补丁与补丁之间
缝补着民族的伤痕

谁的眼泪赤诚
映出血的殷红

谁的灯火未眠
沿着你的足迹一路传承

千千万万的后来人
我是普通的一个
伸手接过的是你的暖

大爱伟业的征程上
我沉默成一粒石子
可砌进墙里

可铺在路上

一日谁举杯相贺
你笑
我也笑

无端走失

盛夏
脚下的草生长得旺盛
如果怠于劳动
我的世界将很快荒芜

缠绵于病榻
我不仅想念母亲
也想念父亲

多少年了
我很少这样同时想念双亲
他们脸上越来越深的纹路
长成了我心上的痕

在路口停下
等一等自己
也等一等他人

每一个走失者
自己
都是重要责任人

我的少年

当你小小的手与我十指相扣
我的少年
晚风正吹过我们的窗前
一轮明月挂在天上
装点着当下的夜空

你问了我很多问题
我一一详细作答
还有很多问题你没有问
我也想一一作答

如果可以陪你很久
我会如一地向你示范坚持与善良

你不必陪我很久
天空高远
人间辽阔
我的少年
你不用回头

一无所有

坐在一个空旷的地方
我忽然就觉得一无所有

天空蔚蓝
白色的云翻滚
无垠的麦田收割完毕

大地在阳光下曝晒着伤口
传递给我深切的疼痛

把自己放在最初的地方
一切都变得可以原谅
包括此刻的一无所有

余生
我愿意低头行走
并且愿意一无所有

村庄的一部分

六月的阳光已经很烈
你就行走在白花花的日头下
右边是收割完毕的麦田
左边是生活了半生的村庄
半截子柏油路上布满尘埃
你的每次行走
都会带动尘土飞扬

我就这样转过身去
车子启动的瞬间
我的眼泪遽然奔涌
车子加速
把你和你的叮咛留在身后

其实你生活得安然
我的心疼与苦痛多少有些自我
你很少远行
把自己长成村庄的一部分
每一个鸡鸣后的清晨
你起床行走

不是生活是生长

真是喜欢夏日的河道
那种茂盛
有种穿透心灵的力量
鼓舞人生长

夜半
蛙声大作
河道在朦胧中蜿蜒
我在桥上
一如在河的中央

倚栏静立
这让我别无所求

永远的土地

在一些消逝的故事里
看见些久违的人
故事没了声响
人的色彩开始浓重

留守村庄的大伯
一抬眼就能看见另一个低矮的村庄
我想这是为什么
他的笑容总是那么明朗

我曾经十分荣光地背井离乡
这些年所能做到的
也就是把孩子的根植于城市

关于我自己
永远在那片黄土之上

把故事展开

一些故事
越来越粗糙

我不喜欢这样
从开始直抵的结果

像儿时一样吧
长久地做着一个梦
接受当然的结果

自然的故事多了
烟火就朴素起来

吹在原野的风
也就能吹进心海

一念菩提

我在世间
越来越能理解些人和事
这让我变得安宁

想到父亲和他破旧的自行车
想到他骑车走过的长路
想到他彼时也许的无助
年少的暗疾自愈

这时我看见
人世的菩提

世风无疾

遇见些事物
我需要静下来解读

这个世界
许多的纷繁我不参与
但我需要理解

已是某些人的长者
这时常让我觉得沉重

我希望一切的苦难都很干净

如冬的冷
如病的痛
如生而贫穷

日头安稳地落下
夜空宁静

想想而已

日子一成不变
这多少让我有些沮丧

我看着天边的云
替它想念着风

如果孩子忽然长大
我将从这里出走
一直走
去所有未知的地方
也去熟悉的地方

我身边有些善良的女性
她们似乎永不疲倦

门前有条河
也似乎永不疲倦

天黑了
一切就这样吧

断章

起风了
下雨了

时间越来越快
带走的东西
很少再送回来

我告别过重要的地方
告别过重要的人
不知道什么时候告别自己

酒杯没有盛酒
在微尘里寂寞着寂寞

一个幼小的孩子
反复打乱我的思绪
而雨点落下时
我也只能把他抱在怀里

空地

喘息

停下来喘息

留点空白

空到如天空无垠

向后退

所有的都向后退

我也向后退

留一片空地

让一切空临

让它不毛　野蛮　疯狂

若无悲苦可诉

一声叹息之后

万象更新

路过千里沃土

建起了楼房
村庄依然低矮

白花花的日头下
黄色的麦茬围困着村庄
叫嚷着耕种

我放下笔
用锄头翻开土地
没有一粒泥土卑微

父亲年迈之后
我开始耐心地对待一切

三岁来电

一个即将三岁的孩子
固执地给我打着电话
反复讲着两个棒棒糖的话题

此时
阳光普照大地
万物勃发生机
列车正以 348 的时速穿越在平原

我们都很愉悦
他的认真
我的轻松

时
间
之
后

我曾认识那个村子所有的人
也知道每条狗的归属

不管我在荒芜里如何奔跑
总能撞开那扇熟悉的门

母亲习惯捡拾整村无主的顽皮
训斥声穿越院落
树林和大片的庄稼地
让我无处躲避

年岁日长
老去的人越来越多
而村庄依然年轻

时间无法转向

总有年轻的人
向远方张望

被一个女子路过

天气炎热
你穿了一件深蓝色的裙子
路过我
走在影影绰绰的黄昏

我应该是风
吹动你的裙摆
或者你垂在耳边的发

你向路口的人挥手
我看见他明朗地笑着走向你
然后与你并肩走进人海

别个空间

夏日
一个欲雨未雨的夜晚
我的空间像个蒸笼
密不透风

青蘋之末悄无声息

在我们不知道或者忽略的地方
一切都在旺盛生长

当然有人正在老去
以生长的另一种意义

美好之声

太阳走到天空的西方
更名为夕阳
它徐徐落下的时候
世界美得不可收

一个胖阿姨从我身边呼啸而过
她的矫健让我错愕
我不知道她奔跑着什么

总要奔跑着什么

还有一个身材匀称的女人
她喜欢把一切整理得一尘不染
对人间
保持着温婉

看见

孩子奔跑着
向我指认一片黄色的落叶

夏天也有树叶会飘落
这是一个五岁的孩子带我认知的自然

有些事让人悲怆
比如年轻的生命遭遇死亡
再如洪水泛滥六畜不安
而我在人世安稳地度过了很多年
直至今日

故事有了苦难的色彩
轰然作响的日子就变得沉静

我们在人世
无法拒绝一些到来
无法避免一些离开

云层低矮

头发还行
但我必须理发
已经起了理发的心思
不去理就会长成心事

心已经有点挤了
能做的事赶紧去做
拥堵让人烦躁不安

北京的郊外有很多山
我偶尔会去看看
在一块光洁的石头上坐下
顺便交付给它一些心事
好让空下来的心回到人世

北京本身是个神奇的城市
它承载伟大也容纳平凡
我平凡地坚持着像个样子
在人间
在北京

向晚

最近有点忙
错过几次风事
心情不算坏
一切都在按部就班地运转

天色向晚时
我结束了一天的工作
在园子里踱步
河水很满
清亮地流进人的心中
草木繁茂
郁郁葱葱出夏天的味道

天边有火烧云
和拍它的人一起合成风景

远处有人喊我
向着声音我加快了脚步

只是看着

孩子在写作业
写写擦擦怎么也写不好数字 2
他愤怒地用拳头捶着桌面
我用眼睛的余光看了他一眼
继续读我的书

时间并未停止
人也是

干净的磨砺不会产生阴霾
五岁
也有他的人生坡度

我看着许多事物在时间的流里
只是看着
什么也不做本身
也做了很多

一种老去

此刻
我心乱如麻

半生修为走过的路
迎来偶尔的崩塌

天气炎热
汗如雨下
我仰望着蓝天
等待一种老去

迎面

一场大雨来临时
我正走在河边
水鸟停止嬉戏
藏进芦苇深处

我保持原有的样态
继续行走
既然无法避免
我选择与这场雨好好相处

幼时
我的一个长者告诉我
从什么方向吹来的风就叫什么风
下在什么季节的雨就叫什么雨

正值盛夏
风从东南来
和雨一起
打马走过我的生命

他们

窗外的日头很毒
我合上书喝口水
很多人走过来

他们说久不下雨
浇地吧
我说天气预报说明天有场大雨
他们说那会不会涝
我说大雨来了就去　雨量适中

他们微笑着走了
把我深深地种入土地

他们
是我故去的先祖和先邻

未曾谋面的想念

祖母坐在堂上
面容慈祥
与满院阳光互相守望

紫黑色的拐杖斜放在她的腿边
镇守着一方烟火

循着她的指引
儿孙们背着书囊远走他乡
烟火散开
在不同的地方展开光亮

我的面前
是与祖母未曾谋面的阳光
我自身
是祖母从未谋面的儿孙

我平铺直叙着自己

牛肉汤

烧饼

北冰洋

整个天空的白云

和一个夏日的我

一起度过了一个端端正正的午间

有时候很多

有时候很少

有人为着一片落叶

正动身千里

那些壮美的还在壮美

那些平凡的还在平凡

天空下平铺直叙着一切

我捡拾些它的欢喜

洁白的怀想

乡间的小路上
日子安安静静地散落着
河流和山川都很遥远
德令哈很近
在泛黄的书页上梳妆着我的阿姐

一切都很直白
比夏日的阳光更为丰沛的
是我们的年少

我们惯以群体性横着行走
蛙声对我们一再避让
在远处的草丛里鸣响

姐姐

姐姐
如果此后我疏于言语
你以为如何

姐姐
长大以后
我时常遇见荒芜
没有你预言的慌乱
而是在荒芜里想念更深的荒芜

姐姐
现在我衣着整洁
整日伏案工作
比你劝导时更为尽心尽力于文字

姐姐
你馈赠给我的
我永远无法等价回馈
这一生
我能为你做的最多的
也许就是想你时忍下眼泪

都是青春

生活简单了下来
我得以守着些默不作声的物件
默不作声

我盯着一串文字
前前后后来来回回地盯着它
真义的东西永不会散乱
只是眼神和心绪松快起来

偶尔也会长久地摩挲一支笔
沉醉于它朴素的质地

案头的书越堆越高
心头的事越放越低
我们从不必占有什么
我们也从未曾占有什么

天空之爱

云不会更低了
也不会更白了
天空也不可能更宽阔了
这是云最好的时候

风轻轻柔柔的
云的舒展也轻轻柔柔的
我的心也轻轻柔柔的

一切都朴素起来

爱哭的孩子丢失了一切
深切地爱上天空

曲水流年

乡间小路

没有一粒尘土
没有一点坑洼
青草散发出盎然生机
星星点点的小花在无际的碧绿中若隐若现
我的乡间小路就这样纵横交错于我的乡野

风吹过
雨淋过
乡亲们赶着耕地的黄牛走过

架子车上载满收割的庄稼
勤劳的乡童背着整袋的青草
没有野兔可以追赶的时候
村庄里的狗也规矩地走在路上

机器文明开进村庄
水泥路应需而生
时隔多年
我的裤脚还挂着乡间小路上青草的味道

雨下在山里

长大以后
见到久别的母亲
我不再像个孩子一样喜极而泣
只是总有难以言说的滋味
在心头

时光奔涌
带来许多
也带走许多

如果母亲的脚步重又轻盈
我能献出什么

不是所有的发生都有道理

雨下在山里
叫山雨

梦中草原

从这里向北
跨过几道水
翻过几座山
是千里大草原

那里的村庄小
习惯于奔跑
那里的牛羊寂言
村庄也易于入眠

那里广阔
放得下所有绵长的思念

有月亮升起的夜晚
谁都可以很远很远
谁也都可以泪流满面

让自己看见

十年之前的远方
现在还是我心中的远方
它带给我的美好向往并没有消逝
这是我幸运的所在

岁月没能拿走的温暖
满载烟火的气息

没有一处简单

一个孩子拿着心爱的零食
一定要高高地站到门口的石磴上享用

我也这样
高高地举着心中的温暖和远方

沙地转向

风从我的身边吹过
那么匆忙
我不知道它急着去完成什么样的使命

生命渐入沙地
大多数人未能转向

你向我走来
像很多年前那个清晨
这令我热泪盈眶

这样真好
无边的沙地在眼前退却

救赎我的人
愿你永被救赎

拒绝变幻的物事

云朵在天空快速奔跑的时候
地面上的风很大
草木们集体步入生命的高光时刻
在风中恣意摇摆

我也步入风中

一片云跑掉了
另一片云跑来
天空变得多彩
眼睛也丰富起来

不是所有的事物都可以去了再来
比如生命和你

我与世事两相安

因为一个人胖起来
又因为一个人瘦下来
这之中
生命经历了很多

总有些没有做好准备的人
像模像样地汇入人流
致使某些世事过早地破旧沧桑

一片叶从枝头飘落
我替它选择了决绝的心态

更远的时光里
我选择欢喜地
心甘情愿地老去

风只是刮过

事是昨天的事
人是走掉的人
包括那些流水与月光
皆是去而不返
怀抱执念的人
等待一种往复

这也没有什么不妥

爱恨互相消弭
留下些故事给生命

夜晚降临时
刮起些微风
一切和昨天
和昨天的昨天
没有什么不同

初为人母

孩子出生三个小时之后
年轻的母亲被推出产房
她脸上带着松弛幸福的微笑
每寸裸露出的肌肤
布满红色的点
医生说这是崩裂的毛细血管

迎上来的人含着眼泪
不知道怎样开口说话
初为人母的女子宽厚地抬手擦去来人的泪水
对他的不知所措说着安慰的话语

从此
她以一个母亲的身份行走人世

无伤

情绪低落的时候
我尽量不让自己心灰意冷

我相信很多不幸本身
对我个人毫无兴致
被伤痛围困的日子里
我尽力拒绝哀伤

黄昏时分
母亲在院子数落完那条黄狗
又数落它的孩子
它们默不作声跟在我的身后
在母亲的数落声中悄然出走

谁不在都一样

那个说好去去就回的人
留在了远方
故乡原野上的麦子青了又黄
苞谷棒子比早年饱满许多

邻家大娘与嫂子谈论着傍晚的吃食
肥胖的阿黄摇摇晃晃地在水泥路踱步
一只小鸡崽啄了一下它的尾巴
阿黄扭头瞅了一眼
继续摇摇晃晃

一根烟囱升起炊烟
两根烟囱升起炊烟
整个村子的烟囱升起炊烟

他乡的人
你会不会思念

大雨之前

落叶堆在地面上
挤挤挨挨地说着话
每一片的故事都不相同
一时间
关于故事的故事沸腾起来

天色阴沉
一场大雨将席卷而来
泼洒天地

愁苦的人埋下头
相思的人倚好栏
草木理好心情
满地落叶屏下声息
万物待发

树海雨林

雨水之中
这条道边植满绿树的路整个苍翠起来
我无法拒绝沉醉在这里
娶 还是嫁
都可以
唯愿身心相许

有的老去让人心生哀伤
有的老去让人获得慰藉

千尺之高
百年之身
独木成林于乡野

风起于雨中
有人落下眼泪
滴入寂寂无言的泥土

阴雨连绵

雨一直在下
一直在下
没有要停下的意思

一切都是潮湿的
人的心情也是

笔掉在地上
三天了
我没有捡拾它
也没有捡拾它的心思

文字锈迹斑斑
让人读不懂其中的语义

记忆中漏雨的老屋
又在心头滴滴答答

流经人世的河

涧水河开挖的时候
我是亲历者之一
我知道它将长久地流经人世

阴雨连天
我隔窗凝望
年轻的涧河步入人世的风雨
河面的雨点密密匝匝
让人心生疼惜

我知道它将长久地流经人世
比我更长久地经受人间风雨

我的来去悄无声息
它会在很多很多人的心里

一种事物沧桑成疾
在人的心头留下很多话语

群生

或许我不该去揣度一棵草的心事

但雨水之后

它是那样打动我的心

草常以群生的样貌生长

如果不是特别认真

很难分辨出独立的一株

草的心事群生吗

像我

在这样一个绵绵雨日

端详一棵生长在寂寞河边寂寞的草

揣度着它的心事

心里萋萋千里

浮生之爱

一些人留下来
给我勇气面对生命的苍凉

一个孩子惊奇于自己被光拉长的影子
开始追逐光亮

给我温暖的人
我也努力给出等量或更多的温暖
这是我日日生活所向

或许的广博深远在一些朴素的意义之后

春天来临时
我在人间分享些春光

寻找另一个父亲

伯父离开的时候
我不在身边
这令我悲伤
伯父下葬的时候
我没有送葬
这令我的悲伤变得深重

其实故事是这样的
伯父下葬以后我才知道他离开的消息
这令我的悲痛成了隐疾

沿着村边的小路向南
不用走太久就是成片的坟地
我清楚地知道伯父就在那里
只是我从来也不去

偶尔归乡
我还是习惯在村子里寻找伯父
每次在伯父荒芜的院门口伫立
我都要拎着孩子
万一伯父推门出来
我好介绍他们相认

虽为旁支
也是血亲

还不回的爱
握不住的手
是动辄疼痛的伤口

日子的声音

日子往前走
一些要来的正在路上
一定不全是美好
还会有许多不如意

紧张的文字应该松弛一点
日子那么长
如果文字断掉
人世将陷入真正的悲苦

孩子一天天长大
父母日渐老去
我们抓不住事物的两端

一端
已无量欢喜

小村庄

村庄太简单了
就那么几条小路
东西南北地横陈
走不了几步就到了尽头

院落排列得还算规整
墙体却参差不齐
贫富有点差别
但没有人心的距离

狗叫上几声夜就深了
鸡叫上几遍天就亮了

村子很小
随便走走就走出了村庄
村子很大
出走的人
拓展着它的疆域

永远的教养

我认识一个穷人家的孩子
认识他的母亲 父亲和他的兄弟们
祖母曾说过
他们的贫穷了无指望
因为他们穷于懒惰

后来他们是否依然贫穷
被我刻意忽略掉了
一个电话即可知晓的命题
我选择不得而知
一个伟大的人庄严宣告脱贫攻坚战全面胜利的那天
我遥向故乡举杯
放置下一份惦念

如果可以
我愿意勤奋地活着
我相信在一个遥远的地方
祖母在一直看着我

另一种散失

一个我不喜欢的人死了
听到这个消息时
身体的某个地方有些疼
她曾经很是恶毒地辱骂过几个善良的人
那些人屈辱宽厚的叹息和眼泪
深深灼痛了我童年的一些日子

长大离乡后
短暂的乡居时
我见过她几次
她的眉宇依然阴沉
一切的寒暄止于寒暄
她有别于村庄的一切
不属于我爱恋的一部分

现在她死了
归于寂寂的黄土
一个熟悉的人在这个世界抽身而去
如果祝福都有变成现实的力量
我祝愿她的心灵
在另一个维度获得宁静安详

没有人故意

其实真的没有什么
你对离开不必再有歉意
选一个什么样的日子
什么样的地点离开都没有关系
我必将送你
临行说满祝福的话

此地和我是你熟悉的烟火
你知道这里没有什么大的风雨
所以一切你都不必记挂

有一天我想起你
不会有怨恨和眼泪
我们的故事也在别人的故事里
人世间不缺少诀别与相送
我还是拥有三餐的四季

月亮喊了我一声

我低头行走的时候
月亮喊了我一声
抬头看见满天星辰

夜空澄澈
没有一点心事
一切工整有序
我什么也没有陷入

千里·经年

我用手机查阅电子地图
知晓自己距离家乡一千多里
故乡在或已经不在的人啊
你们谁喊我一声呗
用最纯正的乡音喊我的乳名

只需一声
我就可以一头栽进村边阳光斑驳的林子
继续搭建儿时那座没有完工的草棚

我向生活举手致意

除了爱你
似乎没有别的更好的办法
尽管这让我的心事时常沉重艰涩

有些路
我必须要走
没有退却和避让的理由

黎明和黄昏一遍遍地来
走马一样越过我的生命

还好吧
我从中撷取些路过的风

众生同行

我必定会老去
尽管我的躯体现在很强健
一些必定生发的消亡性事物
总是无可避免地让人生发哀伤之情

在这样的事物中
众生同行
谁都不必流下眼泪

动作慢一点
这并不影响生命之美
也是青春

不忍久留

我在一片树海之中
遮天蔽日的枝叶层层叠叠
虽然没有一个秀美的女子恰好路过
此处
已是万物所向之地

万千树木
横生者寡
直立者众
随便少了哪一棵
丛林悲鸣

在这里驻足一时
我稍后归去
不打扰随后的来者

一只鸟的探望

清晨

几只鸟飞过我的窗外

其中一只在窗台的外沿停下来

看了看窗里的我又飞走了

你不必讶异

它没有带来什么神的谕旨

只带给我一些轻欢喜

写下来

是想把这些轻欢喜

也传达给你

素日已炽

柴米油盐
长衣短衫
日常的一切相互碰撞
砰啪有声

你在这一切的中央

日子如果是流水
太早的和太晚的都没有流经我的面前

我曾无畏于远行
而今
就只是一番遐想吧
对你的思念便如初春萌生的新草
密密匝匝无涯而生

分寸之地

你去得太久了
再补上一句废话
你回来得太晚了

日子堆起的高台
难以推倒也难以攀登
有些事情
应该三言两语点到为止

春风笑尽人间
留给我的
是一寸光阴

我来自土地

我和你不同

我来自土地

一开始就喜欢简单的东西

种子种入土地

浇水 施肥 拔草 逮虫

汗水时常流进眼睛

无数次的酸痛

大片大片的土地上

画面朴素到相同

这是生活

也是教义

龙门说

也许

只是为让心中所爱看见伊水

才愿意把自己和石头一起

千刀万剐 骨肉成尘

高天渺渺无际

山那边一朵羞涩的云

龙门下

伊水悠悠

所爱已成不朽

动了心的人

愿意停留

人定

听见些零散的事
看见些毫无关联的人
忽然就陷入一种莫名的伤痛

眼泪流下来
一个爱我的人给我擦了又擦

这里是我的家
身边是爱我的人
所有的出走
都只是去去就回

平常的日子
攒着攒着
就长出了根

妈
妈

妈妈

你知道我走过了什么样的路

遇到过什么样的人

经受过什么样的风雨

有过什么样的欢愉

妈妈

你知道平原的尽头连着群山

群山又连着河流

你知道那山上开着什么花

那水中游着什么样的鱼

妈妈

你知道书海真的无边

千里迢迢真的很远

你知道孤灯沉寂 长夜又寒

妈妈

你知道岁月无情

我已生出华发

妈妈

我知道你一定是笑而不语
今夜的这些问题
你本就不必回答
我也只是忽然想在你的怀里
像儿时一样安稳地睡去

回身

为什么要走过去
去淋场无谓的冷雨
可以原路返回吗

我愿意带走伤痕
在长长的一生里
接受时而发作的隐痛

阳光很好的时候
我想晒晒太阳
吹一吹天空下
暖和的风

生命立秋

一个人主动撤离我的肩头
重量滑落的瞬间
有点儿疼

从秋日出发
去往寒冬
风霜注定打湿肩头

有些日子没有爱恨
没有爱恨也好
也松快
也明亮

小歇

隔窗与群树对视

它们美得盛大安静

而我只有一盏香茶

天上有云

不止一朵

跨山越水地飘摇

日头已过中天

缓缓地西沉

檐下日晚

一切曾经是那么浓
现在淡了下来
刚刚好是么

年轻的父亲生了气
幼小的孩子并没有惶恐
他的大眼睛盯着父亲
探寻重启融融和乐的机缘

母亲也年轻
此刻她装着聋作着哑
来来回回地叠着几件衣服
紧闭的嘴角微微扬起

晚风吹打了一下窗棂
孩子说他看见了风

反复

临近黄昏

房间光线昏暗

我一个人躺在床上

忽然就流下眼泪

城市省略了很多

比如炊烟

比如粮食生长的缓慢过程

比如我带着乡音的乳名

好吧

这只是些散乱的情愫

无用

却又反复降临

草木之名

孩子指着一棵树
询问树的名字
其实那是城市里惯见的一种树
只是原初不属于北方

我停下来拍图搜寻树的名字
父母曾认真给予我的
我也认真给予孩子

熟识每一种草木
知其大致习性
与其共生
那个地方叫故乡
那段时光叫童年
那时那里
双亲年轻

同行

别转向
沿着这条路一直向前走

我一定在路上
不是在你的前面
就是在你的后面

我们同路
一定可以相逢
又互不耽搁行程

累的时候你歇歇脚
你看
你头上的那方天空
有一双温柔的眼睛

发脾气的孩子

我坐着喝茶
一个孩子认真地发着脾气
他的脚跺得地板梆梆响
随他吧

如果他的嗓子开始疼
他会小点声
同样
如果他的脚或者腿开始疼
他就会少用点力气

然而
我等了一段时间
什么如果也没有发生

好吧
他是个固执的孩子
我去添杯茶

阿黄是条狗

我离开的时候
阿黄执意跟随
嫂子训斥了它
我也好言相劝
一切都无济于事

我在前面走
阿黄不紧不慢地跟着
村子的北面有条干涸多年的小河
依然有桥
我走过桥
阿黄也走过桥

我是一定要走的
而阿黄必须留下来
看着它的眼睛
我落下眼泪

我想
阿黄比我难过

时有之役

起床时
还是有点困
没有睡好

这样的时刻觉得艰难

简单地洗漱之后
走进生活

祖母

一个我生下来就没有见过的人

在她朴素的故事里

我想念了她一生

由由之态

有些故事真是多余
比如我对你
爱过了
又重新爱起

忘记是个好主意
遗憾的是
从来没能真正忘记

大地在冬日步入苍凉
春日又传来花开的消息

可以想见的一生
尽是些你的来去

谁的劝慰

有时候
月亮不只在天上
还在人的心头

那些风也是
吹就吹呗
何必带来远方的消息

月光下梳妆的那个人
不为见谁
只为看看自己

孩子
你不要动辄哭泣
大地准备好一切
收获也需要耐心和力气

说什么呢

事隔多年
再说些别过的话吧

我的窗外
正是初秋的日暮
一个孩子与他的母亲争着口舌的长短
这个世界现在的样子
他们并不关心

其实
我也并不怎么关心

这些年时光给了我很多
也拿走了很多
你挺好的吧
我们久不在同一片天空下
拂过你衣袖的
是哪一缕风

我愿意这样度过一生

有的人

来了就来了

走了就走了

一日将尽

日暮黄昏
孩子说
草不动
树也不动

我无意抄袭一个孩子
但他说他的诗要放弃这样的句子
我只是捡拾

悠扬的歌声在说话
另一个孩子说他不想回家

太阳之下

白日里
日头终日在天上挂着
田间的劳作者
大汗淋漓

你不必错付悲悯

同是耕者
田间与案头
不一定谁是谁的菩提

你人间随意

在一些曾经曲折的夜里
生活的光华尽失
眼泪厌倦了无用地流淌
只剩下空洞

断裂的骨头
刺穿过血肉
除了时光
无人无地收容疗伤

昨日是这样的困顿

白雪一次次覆盖了原野
我的伤痕还在
疼痛已交给泥土

那人那事
我已心头无恙
你
人间随意

这样的天涯

只是路过我的人
不应该是我所爱
块状的硬物
可以打散后抖落

活着
疼痛在所难免
切肤还是入骨都可以
三分之伤
不拒绝五分的侵蚀

我不走
我起身只为踱步

夕阳从树梢坠下
我不会去计量它确切的速度
天上的那些云
我也不再关心它们的命运

南墙膏膏

我问五岁的孩子
我死了谁来发丧
孩子怔了一下回答
我呀
如果母亲在场
她一定会喝止这样的谈话
并给我指出解决我这嘴痒难忍的路径
去南墙膏膏

当然
如果年长的邻家阿嫂在场
她也会呵斥这样的谈话
也会让我去南墙膏膏

我生命里的这些女性
她们拥有些朴素的生命信条
并以此对我不遗余力地进行着人生教导
她们以为这样可以让我过得更好

我是在一天天过得更好
因着她们的教导

相同 · 重复

母亲喜欢说同样的话
林林总总的问题中
她总能找到特殊的通性然后说同样的话

儿时觉得母亲唠叨
少年时觉得母亲贫乏
现在觉得母亲丰盈可亲

母亲惯于和蔼地微笑
这让我觉得
属于她的那些曲折与昏暗的日子
是随风飘走的

除尘

他再退一步
你就不要再进一步了

日子太沉了
我们要学会敬畏

我们是人
却不当然比一棵草贵重
一些鸡毛蒜皮的小事
任它起伏吧

你看
阳光照在大地上
万物各自清明

早一点

有点累的时候
语言也会变得生硬

智者一再劝诫
人心还是生出无谓的苦难

我们太善于在故事结束以后
学会宽宥与理解
而在故事结束之前
还有很多个日子

和自己说话的时候
再慢一点
也许能赶在故事结束之前
看见白云与青山

泥土上下

如果是冬日的夜晚
再下点小雪
你还会不会踏雪而行

我相信
泥土之下
你的世界依然四季分明

现在正值初秋
枝头有些零星的黄叶
你窗前的石榴树上硕果累累
丰收在望
这让我不能不想你

高天之云

天上有些积云
白得透亮
像极了一个羞涩的姑娘

我翻出些碎布
在树荫下缝补
不具体缝补什么
只是想这样面对白云和阳光

一段时间后
起风了
一片叶飘落
我忽然落下泪来

我像着谁

回头也是茫茫

爱上你之后
我就老了

那些平常的日子
不是变得很长
就是变得很短
后来有了破碎的声响

我原不知道一生的长度
年少的人啊
喜欢的是词语本身的慷慨与激昂

爱上你很久了
我也很老了
有一天我死了
这是爱过你的一生

昔日庄稼的梦

阳光珍贵
但此刻我希望它歇歇脚

人间需要一场雨
不是我
是庄稼们
它们等待生长

因为少雨
它们已喝下农人太多的汗水和眼泪
为着这些
它们需要一场丰收
来向自己诠释庄稼的意义

你很好看

抬眉时
你的额头有细密的纹路
我觉得它们也很漂亮

这些纹路
一些是时光磨成的
一些是我磨成的
还有一些是你挚爱的孩子磨成的
当然还有极少的一部分
是其他的物事磨成的

我知道
这些纹路会继续加深
但我对你的爱不会叠起褶皱
我们其实并不是很善于定义爱情
只是相处得久了
我觉得你亲切美好罢了

浅生活的女子

一个不愿入世太深的女子
选择了一种浅生活

复杂的事物上
她毫不费力
简单的物事上
她竭尽全力

岁月扬起些风尘
她永远那样美好从容

她好像从不磨损什么
所以她的身边
一切都很旺盛

心同草木

我们需要不断抬高自己
才能拥有草木之心

照顾好自己
是对他人最好的照顾吧
草木最是知道这样的道理

割刈
一遍遍割刈
草木永远保持这样的心

世界从无风雨

记得幸福

多了条河流
多了些草木
城市有了乡野的温度

一定要去走走
一定要多走几步
每个到来的季节
都走过了漫长的路

隐入天际的星辰
还爱着人世
孤独本是应然
一场雨打湿一个秋

房间依然温暖

留也不能留

到了日子
整个园子有了秋色
我在园子里疾步行走
寻找丢失的夏日

也不是全无消息
一个路人给我指点了路径

其实全然无法到达
过去的一切犹如流水
远去得毫无踪迹

总是会这样
有着些毫无道理的想念
在心中停留

半生之后爱上的人

爱上父亲
不是件容易的事
在这之前
有许多事情需要和解

和解之前
还需要很多的时光提供证词

有些事物的面目粗粝了些
硌伤某些地方

母亲总是忙于操持
包括润滑

我已有预感
这一切都会被破解
就在忽然的某一天

时至
我走过半生
爱上一个人

妈妈不在了，你轻一点

笔尖划破了手指
在这之前
我不知道它如此坚硬尖锐
血流出来
滴在诗行的左侧
像一枚承载使命的印章
其实只是一个无心之失

不用刻意
知道有时候刻意也毫无意义
却又总是不经意间在一些事物上用力
自伤也就在所难免

哭就不必了
人生的路走得长了
一些妈妈已不在人世
一些人永远地失去了
那个轻轻柔柔给自己擦去眼泪的人

一直

夕阳一点点坠下
大地并没有被抬升
我一点点陷入一种沉重
虽然
并没有不幸发生

我握着笔
反复地写着同一个字
直到它看起来不再像个字

最后
我沿河一直走
直到脚步比心事沉重

夜深沉

累了
恰好夜已深
我准备睡下

明天要来的
都会一一到来
没有什么是非得拒绝和逃避的

从儿时起算
一切事情都可以清零
这与心灰意冷无关

今夜会有些什么梦

一个哥哥刚刚揍了他的弟弟
我不知道该如何支付心疼

秋晨

我醒来的时候
是早晨较早的时刻
三三两两的人
在楼下的园子里晨练
我打开书
开始短暂的诵读

这一切都很寻常

越过大片的楼群
是更为大片的庄稼地
按时节计算
一场丰收即将来临

时光

在我们司空见惯的事物中
时光是最为理性的存在
它不紧不慢 不温不火地向人们揭示道理
比如
告诉一个男子应该娶一个什么样的女子为妻
同样
也给女子揭示这样的道理

时光打疼人
打疼几乎所有的人
出手的又常是挨打的人自己

时光总是在锻造
一切经过时光的物事
即便是破旧了
也光彩熠熠

二十年的长与短

二十年后
我与你握手致意
你脸上的纹路很浅
不是二十年的时光太短
是我们分别时太年轻

我的眼睛没有酸涩感
那些眼泪和青春
被我涂抹进早年稚嫩的诗行
已随着墨迹风干褪色

那就微笑吧
你看
生命的这个时节
阳光普照
正当葱茏

这就算结束

必须到房子里去
外面的风没完没了地吹
让人心神不宁

有些事情
应该忘记
而风已着魔
没完没了地提及

我厌倦了一遍遍地解说
所以也厌倦了风

索性再裹上被子
反正秋日之后
是漫长的冬
而风从不会点到为止

诸事如月

今夜的月自带清明
我想它此刻心无执念
群山连绵
高空中的铁链摇晃
谁的裙摆在夜风中漾起

昨天有场雨
而我恰好错过
具体是为着什么
连我自己都不必太清楚
其实就是一时清楚也会忘记

生命中诸事如月
落下再升起
夜夜如新

一个人的雨时

四野雨幕无边
我一个人坐在亭子里
空气潮湿
草木灵动

许是一些事物停止了摆动
偌大的人世
忽地坠入寂静

我知道明天
也或许知道更久远些的未来
我像是生长多年的树
谙熟了每个季节的脾性

按部就班也挺好
柴米油盐本身
已是华章

书并雨

这是个有雨的黄昏
打开窗
风裹挟着潮湿的空气迎面而来

书读到累
把它重又撵回心头

雨里还是走着些人
行色匆匆
我不是谁的目的地
向着窗外喊两声
没有任何回应

这是生命的常态吧
无有悲伤与欣喜
世事淡淡如兰
心绪渺渺如逝

问安

醒来时
雨还在下
泡杯茶我继续读书

雨声越窗而过
在我的身体里哗哗作响
一片遥远的庄稼地让我不安

我停下来把电话拨给堂哥
他说涝啥？不涝
我抬眼看了看落在窗玻璃上的雨滴
它们真美

低纬度

雨不算大
风有点急
芦苇在河边尽力地摇摆
许有折断之虞

空气有点凉
让人想念些温热的物事
一个人打来电话
问我早餐吃什么
还真是
我此刻有点饿

生命的纬度低一点的话
刚才的那个电话
可以是它全部的意义

驱车千里

为了归去
我一个人
驱车千里

山路弯曲
绵绵无际
隧道的壁灯昏昏而又极尽努力

许是不为归去
只为这一路
群山如此慷慨地铺陈

许是什么都不为
只为驱车千里

那天那事那时的你

你的背倚在墙上
其余的场景已被时光抽离
包括那墙体的颜色和你面部的表情
只剩下些你模糊不清的言语
还有我一个人的长路

还有
那天我哭了
我哭啊哭
好像直到今天
眼泪也没有擦干净

好像很有道理

昨夜
我做了一个噩梦
在梦与非梦的边缘
我拨通你的电话
寻求人间依托

我承认我惊惧于噩梦之噩
对带给你的打扰也深感抱歉

但这似又无法避免

如果你不在人间
什么样的噩梦才能称之为噩呢
又或许
我一生无梦

与云同

入秋后
感觉一步步走向庄重
肃杀之气尚未真正到来
我似已做下专属冬日的梦

菊尚未开
一座城处于寂寞之中

我其实还好
云恣意地行走在天上时
我也觉得很舒适

步行走过日子

月近中秋
几近于圆
这样的话很俗套
心情也是
年年这样轮回

但这是今年的我啊
心情与往时还是略有不同

这一年的日子
我是步行走过来的

是不是有人笑
在日子与日子之间
大概没有别的交通工具

接下来
我还是步行
穿行于所有的日子

其实我并不知道

多年前收到过一封信
来自一个说近不近说远不远的故人
读信的心情也是
说咸不咸说淡不淡

信尾她说君子之交淡如水
于是释然
并自彼时走散

今夜
我想起其人其信
也谈不上惦念与亏欠

有人在窗外的林子里歌唱
可以确定
这个人和我关系很远

夜

二三

我守着一个人的夜

灯光明亮

能照见我的心

我的身体很轻

心也很轻

与一杯茶的重量等同

可以轻轻端起

再轻轻放下

夜虫鸣窗

风来来回回地掀着几页书

我想

它可能没有读懂

我悄然离去，你继续

听不到我说话的时候
你不要以为我只是默不作声
我可能已经走了很远
走在离你而去的路上
弯都不转一个
一直向前

这里的天空有白色的云
天边也有

无论有多慢
你这样坚持下去
我也能明白一些道理

现在我走了
我们之间省略了很多
不
我们之间省略了余生
包括最后的相送

全部所有

我再三体会
很确定了
从我的角度讲
我们之间已淡漠如水

我摸了摸眼角
确认没有泪
你会哭吗

房间的一角盛开着百合花
我掩上门

这样的结局并不潦草

路并没有很多
这不多的所有之路
条条指向别离

远方的山谷里
许是没有野百合的盛放
这也无妨

一种迎来送往

那个少年时跳起脚和他父亲争吵的人
曾言说什么活着不养死了不葬
此刻
我看见他正小心翼翼地搀着他年迈的父亲
一步一趋地走在阳光下

时光解开一切的结

微笑着迎我们来的人
我们必定要真切地哭着相送
不用试
没有谁的骨头
撑得起这种亏欠

一风相送

你可以不是生命的全部
事实上你确实不是全部
只是
我用了半生才明白这个道理
可以自我慰藉的是
我终是明了

原来
执念久痛不止时
放下也不代表破碎

我久处平原
有风吹来时
我时常认为它来自山冈

门一直开着

月亮大而圆
泛着黄色的光
秋意日渐浓烈
草木透出倦意

老家的玉米 花生 毛豆应该可以煮着吃了
我闻到了它们混在一起煮熟的味道
当然也听见些熟悉的乡音

自从有人远走他乡
中原腹地的那座小城
洞开着不再落锁的门

我就不去了

真的
我这里也有太阳
虽然不是每天都艳阳高照

即使是雨天
每一场雨也都来得刚刚好
恰如其分地滋养万物

所以
我在这里一切都好
你不必挂念

也所以
你那边我就不去了
如果有一天你到我这里
我待之以礼

练习秉持

母亲说转眼二十年
你们都长大了

现在我知道
这一眼哪有这么好转

细细碎碎的日子啊
磨洗人的心

我也知道
如果仅指苦难
生老病死与温饱之外
应再无真正意义上的苦难

知道与真正秉持之间
路途漫漫
好在这人世间
铺满母亲的心肠

另一个母亲

一个女子
和我没有血缘
对我怀着母亲的心肠

她也指责
更多的是宽容

母亲变成孩子的时候
那个女子变成了我的母亲

日子悠长
日子平平

让我们能忍下这世间的一切
并生机勃勃的
终究是爱和宽容

伤

一

世事翻滚

有伤

已愈

伤
二

爱恨无常

有伤

未愈

大时代

有一个村庄叫菜园
但菜园没有菜
所有的土地种满了粮食
吃饱放在吃好之前

还有一个村庄叫高楼
高楼也没有楼
零星的几间瓦房撑着门面
更多的是土墙
好在土墙冬暖夏凉

菜园有了菜
就种在楼房的周边

高楼有了楼
一座座立在各色的菜地中央

我写下这许多
其实很少

时代说得多

做得更多

时代很大

深耕一厘

虽然我说的话你大都不信
我还是想再多说一句

已有的富足已是富足
不必再刻意追求
追求也可以
最好多点道义的站位

如若温饱无虞
不必再急功近利
深一点开挖
专一点布局
走稳走实走尽物理应有的崎岖
开阔一点的世界就会来临

这样多好
深刻的人多了
繁荣的是脚下的土地

活着

活着

是一场

又一场的

挂念

你以为如何

我正在一点点爱上一个人
在这无关风月的年纪

这让你感觉如何
讶异
还是欣喜

工作之余
我大块的时间埋头书房
沉浸在文字里
偶也走向广袤的天地
去看四季

这又让你感觉如何

我在乎的越来越少
我在乎的越来越重
我已经不像一个少年
可以穿村越店

风总是来了又去

我觉得它可以这样随意

你说呢

长大

风言风语似是累了
歇在了寂静的角落
怀旧时分想再听一听
也找寻不到它的踪迹

这就是长大吗
从耳朵变得坚定的时刻起算

再拿走些

孩子
你已拿走很多
比如我闲暇的时光
再比如我心爱的一块橡皮

孩子
这些还不够
你应该拿走更多
比如我困苦时的眼泪
再比如我身体的某处伤痕

而这并不残酷
孩子
如果你拿走这些
你会更容易爱
也会更容易融入生活

这次不同

这是我愿意的
不是什么天注定

这些年
我一再折柳
因着心存希望
从未真正诀别

这次不同

我已遍问所识
声声离言

祝福的话我就不说了
真正的离开
悄无声息

温柔的话

不应该总是冷
我说点温柔的话吧

人世临着秋风
一阵比一阵更冷

勉力而为的人多吗
我怎么觉得这样孤独

天空中大雁南飞
大雁在不在这里都行
你也南飞吧

我的话说完了
温柔吧

这已是勉力而为的结果

这样也行

有人踹了我一脚
然后扬长而去

我拍掉她的鞋印
看了看天空

天黑了
天还会明

庄稼

成片的玉米立在田野

还是那样地孤单

临边的花生低矮

整日不言不语

初秋的薄雾笼罩在庄稼之上

高低错落

天地茫茫

我们曾经以为很多

如果我们稍不小心

会比一株玉米无用很多

彼岸花

彼岸花凋零之前
准备叫醒谁的心事

园子里的一些草长疯了
遮挡了半条路
美得凌乱沧桑

一些爱恨动人心魄
欢颜悲歌同时坠入谷底

还是有人在等

白色的月光

有些事情
许是更适合草率
一如春日率先发出的芽
再如年轻时在你耳边说出的话

时光走啊走
风雨磨啊磨

生活碎落一地时
爱是永恒的缝补者

老去
是一场缓慢的伤逝
爱
是一首渐浓的长诗

唯一的急

我不忍打扰这样一个清晨
白色的雾轻笼我的窗
像母亲的手轻抚我的背

我看了一眼睡得香甜的孩子
伸手抚了抚他的背
让他再睡一会儿吧

幼稚园没有铃声
赶来的人不用急于赶点

一路上
孩子睡意蒙眬
除了表达爱
我没有给他更多的沟通

他的日子比我长
许多的事情可以慢慢来
唯有爱
不可等待

曲水流年

如初

金黄的麦粒摊放在院子里
接受阳光的检阅

一个小小的农人负责驱赶鸟雀

腰间系着围裙的母亲张罗着一家人的午饭
一切是这样的温暖

时光划过长长的一段

小小的农人长大离乡
那些一贫如洗的时光熠熠生辉
母亲年轻如初

秋之一瞬

银杏的叶子微黄
摇曳在微微的秋风中
一个认真梳妆后的女人
静静地伫立在银杏树下
无风是寂寥
添一分是打扰
这样的一刻刚刚好

旁边的黑槐树
叶子依然青翠

而秋的味道已是浓烈
溢满四野

约好的人
早点来

小日子

在这个人世
再没有一样事物
像日子一样连绵不绝

我从一条小路走来
走过昏暗的胡同
走在日子的中央

一些年月里
我们忽略了日子的声响

另一些年月里
日子琐碎得让心焦躁

建立的家
生下的孩子
拖拽不休的人和事
垫着日子的脚掌

一场盛大

不知道是哪个环节出了问题
一整个夏天
偌大的园子无人打理
而牛羊不喜欢水泥路
不愿长途跋涉抵达这里

这漫长的夏呵
草儿盛大地生长
制造着城市中一片天地的荒芜

最终也不过如此
并未荒无人迹
你看
我还行走在这里

比我的语言贴切

和孩子一起走在一片荒芜之地

这些草怎么长得这么愤怒呢
草长得怎么样
我问孩子
愤怒啊，孩子回答

我扭过脸看了看那片草
是的，它们长得愤怒
这再贴切不过
我又扭过脸看了看孩子
是的，不足六岁

此时
又大又圆的太阳红通通地挂在树梢
又从树梢一点点坠下

一种相送

路过原野

几个男人挥舞铁锹

无人说话

一种沉重的氛围在空气中弥漫

长方形的轮廓呈现之后

我知道

一个人将长眠于此

我忽然陷入伤感

悲苦地活着不易

但死是永恒悲伤的话题

土地再是安宁

死总是伴随泪水

我们来自母亲

归于土地

风吹一阵就走了

走了几步
不想走了
这大概是我的错

大概又不全是这样
一路上
你老踢我的脚后跟儿

踢几下没事
老踢
时间长了
成疾

你走吧
我停下歇歇

风吹一阵儿就走了
我歇一会儿就回去

长大一点儿后
知道自己喝的是黄河水

这一点很重要
就像一个孩子要知道谁是自己的母亲

知道黄河的水是黄色的
初临黄河
仍猝然热泪奔涌
她裹挟着沉重的泥沙浩然东去
像极了一个为人世操碎心肠的老母亲
苍老笨拙地行走在天地间

天上有轮月
地上有条河
几阵风吹急黄河水

走到哪里都一样
我是母亲的一个孩子

山高路远

一个爱我的人走了
所去并不遥远
人间可见

但这依然让我悲伤

春日已暮
中间是漫长的夏
而秋日之后呢

冬日必将苦寒
放下书本时那碗温热的汤随你去了
剩下的是空空与冷

后来我走了很远很远的路
走过很多很多个冬日
有时候我想
我们从未遇见过

唱支歌吧

唱支歌吧
像我们还不是谁的母亲时那样
摇曳的树枝打散月光
轻轻的晚风拂过校园的操场
青春顶着胸膛

初秋的夜晚
我们又走在草地上
不知名的虫唱了又唱
我们也唱支歌吧
像我们还不是谁的母亲时那样

行至初秋

小路上开始有零星的落叶
多像我寥落的心事

石板路不是落叶的终点
还是要随风去找寻泥土

我潦草的旅程
在几片落叶里找到些许的慰藉

季节列队穿行于生命
还会有很多场风刮过
尽管不是每一场都来历清明

春日的风

早晨

孩子过早地被我送到了幼稚园

他一个人背着书包孤零零地站在操场上

让人心疼

我向他挥了挥手

他突然绽放出灿烂的笑容回应我

突然

是的

突然

相伴的人要相互温暖

当一个五岁的生命这样回馈我时

初秋的街头刮起春日的风

冬日一急

这些年的冬天
留不住雪
雪时常下了即化
儿时那些冰天雪地的日子去而不返

所以
冰雪消融的日子也去而不返

雪下了就下了
春来了就来了
踏雪需要及时
稍一耽搁就是一场错过
整个冬将寂寞无主

恰好一生

他生下来
他死了
他过完了自己的一生
这之中
塞进多少的日子
都是一生

我们遇见了
我们又分开了
我们完成了一场相遇
这之中
有多少的言差语错
都是一场相遇

如果分开时恰好是我死去之时
我们的相遇
恰好是一生

几句秋语

秋日午时的阳光
已褪去燥热之气
晒得我的后背微微发烫
舒适

古老的街道上
响起旧日马蹄声声
耳畔的风暖中含凉
清亮

万物都不停留
都往秋中走

熟透的果实采摘之后
留下一些在枝头
给鸟雀
给天空
给劳累的秋

你之外

说了很多
又似乎什么都没有说
这种关系
不是太近
就是太远了

好吧
我承认
我与你像我与一棵树的关系
我先是说下很多
后来我和树一样沉默

其实静一点好
我不应该只能听见你的话语

我始终相信
万物皆有言语
能听见的人
都很幸运

爱情

我从来未有过所谓的一见钟情
这样的描述让浪漫一词疼痛
好在生命并未因此暗淡

我依然相信爱情
而爱情本身并不总能自带光芒

生活不是一道数学题
无法追求最优解

浅不幸时常光顾
深失意偶尔造访
这是生活的真
伴着渐次微弱的疼

没有月亮的夜空
偶尔也会有些若隐若现的星

伤怀之地

离开得久了
我也成了小城的一个过客

巷子里不认识的人越来越多
能从一个少年的脸上找到熟悉的印记
依此分辨出他是谁家的儿孙时
让我觉得亲切又酸涩

如果有一天
参与过我童年的人全部离去
小城会怎样

小城还是小城吧
只是
也许
大概
它已是我的伤怀之地

我不再关心自己

以后
我多思考点与自己无关的事
这大概会让我幸福
也许一开始很难习惯
需要坚持的力量
可是为什么不呢

总是思考自己和与自己有关的事物
并没有获得直接的抵达
或许永无可能直接抵达

正难则反吧
关心些与自己无关的事
也许就真正关心了自己

涧河我也不总去
它清了
去的每次都会更欢喜

如树如草如花

难为了你
也难为了我
这真是不妥

换一种方式吧
比如沉默
如何

一棵柳在南岸
一棵柳在北岸
他们从来不吵
一起看曲水流年

因着季节
河边偶也开着些花
不一定都很美
但一定极尽灿烂

我也想这样
一生的长路
尽力地生

可以活得不美

但可以很灿烂

其实我有点恼火

孩子撞碎了饮水机的玻璃面板
这是第二次

他一脸阳光地望着我说
我不是故意的

这是当然
他不是故意的

他没有受伤
也不是故意的
还一脸阳光地微笑

我能怎样呢
我一边小心地捡拾玻璃碎片一边想
就这样吧
下次我让饮水机注意点

秋日乡思

秋日
我想起庄稼

想起金黄的玉米棒子挂满墙头
想起整车的花生连同秧子一起扔上房顶
想起成捆的芝麻秆依偎在墙根
想起年迈的阿婆破旧洁净的草篮子

高的庄稼倒地之后
低矮的红薯地突兀起来
块状的绿点缀田野
土地之下
红薯为农人的收成做着最后的努力

收获的味道弥漫四野
劳作在庄稼地的人流着汗
他们是这片土地的乡亲

图书在版编目（CIP）数据

曲水流年 / 王运平著. —— 深圳：深圳出版社，
2024.12. —— ISBN 978-7-5507-4181-2

Ⅰ. I227

中国国家版本馆 CIP 数据核字第 2024N1L450 号

曲 水 流 年
QUSHUI LIUNIAN

出 品 人　聂雄前
责 任 编 辑　满　杰
责 任 校 对　叶　果
责 任 技 编　陈洁霞
封 面 设 计　非图传播

出 版 发 行　深圳出版社
地　　　址　深圳市彩田南路海天综合大厦（518033）
网　　　址　www.htph.com.cn
订 购 电 话　0755-83460239（邮购、团购）
排 版 制 作　深圳煦元文化创意有限公司
印　　　刷　深圳市汇亿丰印刷科技有限公司
开　　　本　787mm×1092mm　1/32
印　　　张　6.125
字　　　数　120千
版　　　次　2024 年 12 月第 1 版
印　　　次　2024 年 12 月第 1 次
定　　　价　48.00 元